Jakob Wassermann

Hockenjos oder Die Lügenkomödie

Jakob Wassermann

Hockenjos oder Die Lügenkomödie

ISBN/EAN: 9783744682589

Hergestellt in Europa, USA, Kanada, Australien, Japan

Cover: Foto ©Andreas Hilbeck / pixelio.de

Weitere Bücher finden Sie auf **www.hansebooks.com**

Rubin-Bibliothek.

Das gedruckte Manuskript zur „Lügenkomödie" erscheint im Rubinverlag München für sämtliche Bühnen des In- und Auslandes. Das Aufführungsrecht ist ausschließlich nur vom „Rubinverlag München" zu erwerben. **Der Verfasser.**

Hockenjos

oder

Die Lügenkomödie

Drei Akte

von

Jakob Wassermann.

✶ Rubinverlag München ✶

Hof-Kunst- und Verlags-Buchhandlung, Theater- und Manuskriptverlag.

Die Lügenkomödie von Jakob Wassermann darf ohne Vereinbarung mit uns nicht aufgeführt werden. Der Besitz oder Erwerb eines gedruckten Manuskriptes berechtigt nicht zur Aufführung. Das Manuskript kann nur mit unserer Genehmigung behufs Aufführung benützt oder vervielfältigt werden.

Rubinverlag München.

Bevollmächtigter Vertreter des Verfassers.

& Verlags-Buchhandlung

Theater- und Manuskripten-Verlag

München

enthält nahezu

alle oberbayerischen Stücke,

sämmtliche Stücke des Schlierseer

Bauerntheaters,

viele bedeutende Lustspiele, Dramen und Schauspiele, auch Opern und Singspiele vortreffliche Schwänke und Ausstattungscomödien.

Verlag aller Opern von Franz Erkel.

fast alle dramatischen Arbeiten von

Martin Schleich, Dr. Hermann von Lingg, K. Th. Schultz,

Karl von Heigel, Gottfried Böhm, Franz von Kobell

Julius Schaumberger, Hans Neuert, Benno Rauchenegger,

Bartl-Mitius, Maximilian Schmidt, O. Stoßikes.

Hockenjos

oder

Die Lügenkomödie

Drei Akte

von

Jakob Waſſermann

München

Rubinverlag

Hof-Kunſt- und Verlags-Buchhandlung
Theater- und Manuſkriptverlag.

Personen.

Karinkel, Bürgermeister.
Mettenschleicher, Künstler und Agent.
Bienemann, Redakteur des „Tagblatt".
Hannemann, Wirt,
Schnabelwaid, Bankier,   } Stadtverordnete.
Börne, Schulrat,
Meier, Kaufmann,
Frau Hockenjos.
Frau Hannemann.
Frau Börne.
Frau Balmesberger, Zolloberkontrolleurs-Witwe.
Helene.
Hockenjos.
Federlein, Bader.
Abendrot.

Das Stück spielt nach der Mitte des Jahrhunderts in Schopflo[w] welches im schwäbischen Mittelfranken liegt. Der erste Akt ge[ht] in der Bürgermeister-Kanzlei, der zweite und der dritte ge[hen] in der Wohnung des Hockenjos vor sich. Zwischen dem ers[ten] und zweiten Akt liegen 14 Tage.

Erster Akt.

Amtszimmer des Bürgermeisters. Links und rechts Thüren. Nach hinten drei große Fenster, durch die man in eine leere, reinlich geputzte Straße sieht, deren Häuser sauber nebeneinander stehen, wie aus der Spielwarenschachtel genommen. Die Kanzlei macht einen altväterischen Eindruck mit ihrem schwarzen Pult und weißen Thüren, schlecht gepolsterten, hochlehnigen Sesseln, verschabten Stahlstichen und alten Folianten.

1. Scene.

Karinkel. Mettenschleicher. Abendrot.

Abendrot. Die Bittsteller wäre da, Herr Bürgemeischter.

Karinkel. Ich habe keine Zeit. Stören Sie mich nicht.

Abendrot. Es sind die Leute wege der Ernte=beschädigung, Herr Bürgemeischter, wie ich mir viel=leicht unterthänigscht zu bemerke erlauwe darf.

Karinkel. Aber ich bin doch nicht allein für die Leute da, die kein Geld haben. Nicht wahr, Mettenschleicher? Es gibt noch viel wichtigere Dinge in der Welt.

1*

Abendrot. Ich hab' mer nur erlaubt, zu denke, Herr Bürgemeischter. So bloß — weil die Leutle nix zu esse hawe.

Karinkel. Das macht ja nichts. Die Leute sind das schon gewohnt. Nicht wahr, Mettenschleicher? Sagen Sie den Leuten einen schönen Gruß von mir und ich werde einen „Aufruf an die Barmherzigkeit" im Tagblatt drucken lassen. Haben Sie sonst noch was?

Abendrot. Ich möchte bloß unterthänigst d'rauf aufmerkfam mache, daß morge die Denkmals-Ent-hüllung in Dinkelschbühl vor sich gehe thät.

Karinkel (spitz). Na ja —? Was geht mich denn das an?

Abendrot. Ich hätt' mer nur zu denke er-laubt, . . . ich hätt' nur druff hinweise wolle . . . . es wär' ebbe guet g'wese, wenn . . . . wenn mer Ab-gefandte deputiere thät . . . .

Karinkel. Was Ihnen nicht einfällt! Was geht denn das Schopfloch an, wenn die Dinkelsbühler Denkmäler bauen? Sind Sie vielleicht beim Dinkels-bühler Verschönerungsverein? Oder sind Se Amts-diener in Schopfloch?

Abendrot (nicht kummervoll).

Karinkel. Ist das nicht unerhört, Metten-schleicher? Da bauen die Leute in drei Jahren drei Denkmäler! Eines für den Lukas Kronach oder wie er heißt, eins für den Schiller, eins für den Richard Wagner. Lauter so ausg'fall'ne Leut'! Vielleicht weil der Schiller amal mit dem Schnellzug durch-g'fahr'n is.

Mettenschleicher (erhebt sich und grunzt).

Karinkel. Geh'n Sie in die Redaktion des „Tagblatt", lieber Abendrot, und sagen Sie dem Bienemann, er soll eine höhnische Notiz über die Denkmalswut in Dinkelsbühl abfassen.

Abendrot (mit vier Bücklingen ab).

2. Scene.

Mettenschleicher. Karinkel.

Karinkel. Sehen Sie, lieber Mettenschleicher, so muß ich mein Leben mit Kleinigkeiten verplempern.

Mettenschleicher. Wo Sie doch wirklich zu großen Dingen geschaffen sind. Das ist wahr.

Karinkel. Ich will nicht sagen, zu großen Dingen, aber . . . . immerhin. Wo hab' ich denn meine Manschetten hingelegt . . . Was ich sagen wollte, also Sie glauben nicht, daß es geht?

Mettenschleicher. Geh'n thut alles, Herr Bürgermeister.

Karinkel. Aber?

Mettenschleicher. Sie wissen ja, mein Freund, der Legationsrat, thut alles Mögliche für mich. Der Minister v. Kreitwig ist ein Schulkollege von mir. Der Prinzregent selbst kommt jeden Tag in mein Atelier. . . .

Karinkel (aufgeregt). Nu ja, lieber Mettenschleicher, das is ja —!

Mettenschleicher. Gewiß! Aber wenn ich nur einen Grund dafür hätte. Wenn ich sagen kann, der Bürgermeister Karinkel ist ein Mann von Verdiensten — das sind Sie ja selbstverständlich auch so —

aber diese Herren wollen was seh'n. Das ist's. Wenn ich sagen kann, der Bürgermeister Karinkel hat die und die Bauten geschaffen.

Karinkel (aufgeregt). Aber, lieber Mettenschleicher, ich setze Zeit und Geld daran, etwas für das Land zu thun. Sie seh'n ja: ich erlasse Aufrufe an die Barmherzigkeit, ich . . . ich . . .

Mettenschleicher. Das wird man natürlich erwähnen. Aber etwas Bestimmteres muß es sein. Seh'n Sie, der Dinkelsbühler Bürgermeister hat schon den Orden mit seinen drei Denkmälern. Es muß etwas sein, was mit großer Reklame ins Werk gesetzt wird, was durch alle Zeitungen geht, die Masse auf= merksam macht. Das dringt höheren Orts am leichtesten durch. Dann würde ich für den Orden garantieren können.

Karinkel. Wenn man's mit einem Findelhaus versuchte? Oder mit einem Invalidenhaus?

Mettenschleicher. Das ist schon zu oft da= gewesen.

Karinkel. Aber es ist ja unmöglich! Schopfloch ist ja keine Weltstadt.

Mettenschleicher (seufzend). Nein, Schopfloch ist keine Weltstadt.

Karinkel. Schopfloch ist nichts weniger als eine Weltstadt, meinen Sie nicht?

Mettenschleicher. Ja, es ist eine sehr kleine Stadt.

Karinkel. Eine sehr kleine Stadt will ich gerade nicht sagen. Aber immerhin — eine kleine

Stadt. — Ich möchte nur wissen, wo ich meine Manschetten gelassen habe!

3. Scene.

Vorige. Abendrot.

Abendrot. Alles besorgt, Herr Bürgemeischter. Hier isch das Tagblättle.

Karinkel. Haben Sie meine Manschetten fort= geräumt?

Abendrot. Da liege se ja, Herr Bürgemeischter.

Karinkel. Ja ja, da liegen sie, ich weiß es. Es ist gut. Ist Bienemann schon dagewesen?

Abendrot. Noi, Herr Bürgemeischter. (Ab mit Knixen.)

4. Scene.

Karinkel. Mettenschleicher.

Karinkel. Kennen Sie Bienemann? Nicht? Bienemann ist ein Genie. Hat eine große Zukunft. Er wird sich eine Frau unter dem besten Adel des Landes suchen.

Mettenschleicher. Ein so bedeutender Mensch ist das?

Karinkel. Nun wollen wir sehen, was das Blatt Neues bringt.

Mettenschleicher. Sehen Sie, Bürgermeister, wenn Sie z. B. irgend einen großen Mann in Ihrer Stadt entdeckten, von dem niemand etwas weiß. Selbst= verständlich müßte er schon tot sein. Und dann müßte er sich für das Wohl des Vaterlandes geopfert haben.

Oder für das Wohl der Menschheit, obwohl es besser ist, wenn es heißt, fürs Vaterland. Wenn Sie dem ein Denkmal setzten. Dann wäre Ihnen die Dekoration sicher. Sicher wie Gold.

Karinkel. Der Gedanke ist nicht schlecht. Aber wo soll ich einen großen Mann hernehmen.

Mettenschleicher. Ach, große Männer gibt's immer. Man muß sie nur zu finden wissen.

Karinkel. Einen toten, großen Mann.

Mettenschleicher. Der sich für das Wohl des Vaterlands geopfert hat, ja.

Karinkel. Das ist schwer, lieber Mettenschleicher, sehr schwer.

Mettenschleicher. Ja. Leicht ist es nicht.

Karinkel. Obwohl die Idee sehr gut ist.

Mettenschleicher. Man müßte die Chroniken von Schopfloch studieren.

Karinkel. Sehen Sie 'mal, was da im Blatt steht. (Liest.) Die Einwohnerschaft unseres freundlichen Städtchens .... Unverschämter Kerl! Städtchen — mit 5338 Einwohnern!

Mettenschleicher. Ja, Städtchen ist entschieden zu viel gesagt.

Karinkel. — wird es in nicht geringe Bestürzung versetzen, zu hören, daß die Fregatte „Eisvogel", die vor einem Jahre zu einer Reise nach dem Südpol die Anker lichtete, nach authentischen Nachrichten, die jetzt eingelaufen sind, im südlichen Packeis ihren Untergang gefunden hat. — Gott sei Dank, der Satz wär' aus! — (Liest, allmählich langsamer, mit steigender Teilnahme.) Der Fall ist um so trauriger, als ein Sohn

unſerer Stadt, Herr Jakob Hockenjos, dabei einen,
wenn auch ehrenvollen, ſo doch ſchrecklichen Tod ge=
funden hat. Herr Jakob Hockenjos wurde ſeiner Zeit
als hervorragender Gelehrter für die kühne Expedition
gewonnen, die der Wiſſenſchaft neue Reſultate zu=
führen ſollte, indem ſie ausgezogen war, um über
das finſtere und unerforſchte Gebiet der ſüdlichen
Polarländer Licht zu verbreiten. Das tragiſche Ende
unſeres hervorragenden Mitbürgers iſt um ſo beklagens=
werter, als er in ſeiner Heimat eine troſtloſe Witwe
und eine herrlich aufblühende Tochter zurückläßt.“
Na, was ſagen Sie? 's iſt zwar alles Schwindel mit
dem hervorragenden Mitbürger und der troſtloſen
Witwe, aber Talent hat er, der Bienenmann! Talent
hat er!

Mettenſchleicher (ſchweigt).

Karinkel. Warum reden Sie denn nichts,
Mettenſchleicher?

Mettenſchleicher (langſam). Aber hier haben
Sie ja gerade, was Sie brauchen, Herr Bürgermeiſter.

Karinkel. Wieſo?

Mettenſchleicher. Ja, ſehen Sie denn das
nicht?

Karinkel. Ich habe keinen Dunſt, was Sie
meinen.

Mettenſchleicher. Aber! Aber! — (Steht auf.)
Da iſt ein Mann, der für das Vaterland ſeinen Tod
gefunden hat! Der ſich der Wiſſenſchaft geopfert hat!
Ein wunderbarer Fall!

Karinkel (ſtaunend). Jakob Hockenjos meinen Sie?

Mettenſchleicher. Dem Mann müſſen Sie ein

Denkmal errichten lassen. Ich begreife nicht, daß Sie das nicht sofort gesehen haben. Das ist ja alles so leicht für Sie! Sie haben die Zeitung in der Hand, die hier in der Stadt das letzte Wort spricht. Und außerdem . . . .

Karinkel. Aber bedenken Sie doch! Dieser Hockenjos war ja eine ganz verbummelte Existenz . . .

Mettenschleicher. Aber das thut ja nicht das Mindeste. Schau'n Sie, wenn wir ehrlich sein wollen: dieser Schiller und dieser Richard Wagner und die Leute, das waren ja auch ganz verbummelte Existenzen.

Karinkel. Jaja, das ist wahr.

Mettenschleicher. Nun also!

Karinkel. Ja, aber der Hockenjos wurde auf die Reise geschickt, weil —

Mettenschleicher. Das ist ja ganz gleichgültig, lieber Bürgermeister. Die Zeitung macht das alles tot. Sie haben ja die Zeitung. Mehr brauchen Sie nicht.

Karinkel. Ist es denn möglich!

Mettenschleicher. Und mir übertragen Sie die Ausführung des Denkmals.

Karinkel. Das versteht sich ja von selbst.

Mettenschleicher. Zum Schein müssen Sie schon eine Konkurrenz ausschreiben.

Karinkel. Zum Schein kann man ja das thun.

Mettenschleicher. Nur mit recht kurzem Termin. Sonst kommen zu viele Dilettanten und diese sogenannten Modernen.

Karinkel (erregt hin und her). Jaja . . . ja.

Mettenschleicher. Ich mache Ihnen eine

Idealfigur! In Kolumbuspose! Die Hand in der Rockbrust, den Blick nach Süden gerichtet.

Karinkel. Warum denn gerade nach Süden?

Mettenschleicher. Wegen dem Südpol natürlich! Es wird prachtvoll. Sie wissen ja, den großen vaterländischen Monumentalbrunnen im Ansbacher Hofgarten habe ich auch geschaffen. Der dortige Bürgermeister hat den Falken-Orden zweiter Klasse bekommen.

Karinkel. Die Sache fängt an, mir plausibel zu werden.

Mettenschleicher. Kunst und Obrigkeit müssen sich immer unterstützen.

Karinkel. Natürlich.

Mettenschleicher. Denken Sie nur an die Zeitung.

Karinkel (läutet). Lassen wir Bienemann kommen.

Abendrot. Wünschen, Herr Bürgermeischter?

Karinkel. Gehen Sie so schnell als möglich in die Redaktion. Bienemann soll — ah, da kommt er ja gerade! Wie gerufen! Nur hereinspaziert, lieber Bienemann! Sie können gehen, Abendrot. (Abendrot ab.)

5. Scene.

Karinkel. Mettenschleicher. Bienemann.

Karinkel. Erlauben die Herren: Doktor Bienemann, unser genialer Redakteur. Herr Mettenschleicher, der berühmte Künstler und Günstling bei Hof, mein Jugendfreund.

Bienemann. Freut mich sehr. Freut mich

außerordentlich! Sollen wir im Tagblatt eine Notiz über den Herrn bringen?

Karinkel. Darum handelt es sich zunächst nicht.

Mettenschleicher. Es ist eine andere, sehr wichtige Angelegenheit, Herr Doktor.

Karinkel. Setzen Sie sich, lieber Bienemann. (Zu Mettenschleicher.) Unter uns sage ich nämlich nicht Doktor, sondern kurzweg Bienemann. Das bringen die gemeinsamen Interessen so mit sich.

Bienemann (grinst). Zumal es mit dem Doktorat —

Karinkel. Lassen wir das, Bienemann. Wir wollen hier nicht auf Privatverhältnisse eingeh'n. Wo ist denn meine Brille?

Bienemann. Sie liegt vor Ihnen auf dem Tisch, Herr Bürgermeister.

Karinkel. Natürlich, ich habe sie ja selbst hingelegt. Also hören Sie mich an. Sie haben heute in richtiger Erkenntnis der Sachlage einen sehr pietätvollen Artikel über unsern Mitbürger Hockenjos erscheinen lassen.

Bienemann (grinst). Nun ja ... de mortuis nil nisi bene.

Karinkel (starrt). Wie? Was? (faßt sich.) Natürlich, natürlich. Es war ja immerhin eine Leistung von Hockenjos.

Bienemann (platzt mit einem pustenden Lacher heraus). Sehr gut!

Karinkel. Was — sehr gut? — Uebrigens liebe ich es, wenn man deutsch mit mir spricht. Semper iquem. Es handelt sich also um folgendes.

Das Tagblatt muß zunächst eine Lebensbeschreibung von Jakob Hockenjos bringen. Möglichst ausführlich.

Mettenschleicher. Jawohl, möglichst ausführlich.

Karinkel. Mit seiner Photographie.

Mettenschleicher. Ausgezeichnet.

Karinkel. Muß den Abonnenten die Verdienste dieses außergewöhnlichen Mannes in das allerhellste Licht rücken.

Mettenschleicher. — Licht rücken.

Bienemann (verblüfft). Entschuldigen Sie, Herr Bürgermeister, der Hockenjos war doch — —

Karinkel. Das ist ganz gleichgültig, was er war. Jetzt ist er tot. Ein ungewöhnlicher Mann ist tot. Ein Forscher, der bis zum Südpol vorgedrungen ist.

Mettenschleicher. Jawohl. Diese Verdienste können nicht geschmälert werden.

Bienemann. Bis zum Südpol? Aber das weiß man doch gar nicht.

Karinkel (wichtig). Darüber habe ich authentische Nachrichten, mein lieber Bienemann. Durch diesen Herrn. Vom Hof!

Bienemann (steht unwillkürlich auf). Vom Hof —? Ah! (Setzt sich.) Ja, dann wird er freilich bis zum Südpol vorgedrungen sein. Aber ich dachte nur — —

Karinkel. Na? Was dachten Sie denn?

Bienemann (schüchtern). Der Mann war Lehrer an der Realschule hier — und wurde fortgeschickt — — weil er das Trinken nicht lassen konnte — — er wurde von der Schule geschickt und ein Freund von ihm, der Kapitän des „Eisvogel", er heißt Knoll

und stammt aus der Altmühlgegend, dieser Kapitän
Knoll war auf Urlaub hier, ein kühner Bursche —

Karinkel. Das ist alles blühender Unsinn,
Bienemann. Die Sache hat sich so zugetragen, wie
wir sie in der Zeitung drucken lassen.

Mettenschleicher. Natürlich, das ist doch furcht=
bar einfach.

Karinkel. Uebrigens, daß einer trinkt, schließt
nicht aus, daß er ein bedeutender Mann ist. Der
Goethe hat auch getrunken und hat doch eine Masse
Denkmäler. Nicht wahr, Mettenschleicher?

Mettenschleicher. Aber selbstverständlich. Der
hat noch ganz andere Sachen geleistet. Wieviele junge
Mädchen der verführt hat!

Karinkel. Schrecklich. Davon halten wir uns're
Hände rein. Kurz und gut, Bienemann, die Sache
ist dahin zu deichseln, daß Hockenjos ein Denkmal in
Schopfloch bekommen muß.

Bienemann (wie elektrisiert). Ae — — Ei —
Ein — Denk—mal —?

Karinkel. Naja, was gibt's 'n da zu staunen?
In Dinkelsbühl haben sie schon drei Denkmäler.

Bienemann. Da muß ich allerdings einen
sehr langen Artikel schreiben.

Karinkel. Das müssen Sie, Bienemann, das
müssen Sie. Strengen Sie sich nur ein wenig an!
(Leise.) Fünfzig Mark, wenn der Artikel gut ausfällt.

Bienemann. Ein Denkmal —!

Mettenschleicher. Vergessen Sie die Preis=
konkurrenz für Denkmalsentwürfe nicht.

Karinkel. Und daß sich der berühmte Künstler Mettenschleicher bereit erklärt hat, mitzukonkurrieren.

Mettenschleicher. Und erwähnen Sie, daß sich Jakob Hockenjos schon seit frühester Kindheit mit dem Globus beschäftigt hat.

Bienemann. Woher weiß man denn das?

Karinkel. Das ist doch ganz gleich. So be= deutende Leute beschäftigen sich immer als Kind mit dem Globus. Daß Sie das nicht einsehen, Biene= mann!

Mettenschleicher. Außerdem macht es einen guten Eindruck. Und vielleicht das: daß er sich auf dem Dachboden des elterlichen Hauses eine primitive Sternwarte eingerichtet hat.

Karinkel. Ausgezeichnet! Und vergessen Sie nicht, welche Wichtigkeit die Entdeckung des Südpols für die ganze Menschheit hat. Notieren Sie sich das auf!

Mettenschleicher. Jaja, natürlich.

Bienemann. Pardon. Ich weiß momentan nicht — welchen Wert hat denn die Entdeckung des Südpols —? Ich wußte es früher — aber — —

Karinkel (sieht Mettenschleicher an).

Mettenschleicher (sieht Karinkel an).

Karinkel. T.. ja! Das ist schwer zu sagen.

Mettenschleicher. So in einem Wort ist das schwer zu sagen. Der Südpol ist halt ... so wie der Nordpol!

Karinkel (freudig). Sie wissen doch — Fridjof Nansen!

Mettenschleicher. Andree!

Bienemann. Jaja — Jah . . .

Mettenschleicher (heftig). Es ist eine wissen=
schaftliche That, mein lieber Herr! Eine Großthat
des Geistes!

Karinkel. Und der Südpol liegt ja bekanntlich
viel tiefer als der Nordpol.

Mettenschleicher. Der ist nicht so leicht zu
entdecken, wie der Nordpol.

Karinkel. Ja, es muß unheimlich schwer sein.

Mettenschleicher. Sie müssen von Hockenjos
sprechen wie von einem Verklärten.

Karinkel. Wie von einem nationalen Geistes=
helden.

Mettenschleicher. Das ist er ja auch.

Karinkel. Diesmal muß ich mich ganz auf
Sie verlassen können, lieber Bienemann. Sie sind ja
ohnedies der intelligenteste Mensch hier. Setzen Sie
sich dort an den Schreibtisch und fangen Sie gleich
an. Das Konversationslexikon können Sie auch
benützen.

6. Scene.

Vorige. Abendrot.

Abendrot. Die Herre Stadtverordnete wäre da.

Mettenschleicher. Ich muß mich jetzt empfehlen,
lieber Freund. —

Karinkel. Mein teurer Freund, — also zum
Mittagessen im Kreis der lieben Meinen! Einfach,
aber gut. Adieu, lieber Freund. — Es wird alles
trefflich gehen. Jetzt muß ich noch die Stadt=
verordneten gewinnen, dann haben wir freies Spiel.

Mettenschleicher. Leben Sie wohl! — Herr
Doktor — (Ab.)

Karinkel. Führen Sie doch die Herren herein,
Abendrot.

7. Scene.

Schulrat Börne, Bankier Schnabelwaid, Restaurateur
Hannemann, Kaufmann Meier treten ein. Karinkel.
Bienemann.

Die vier Herren. Guten Morgen, Herr Bürge=
meischter.

Karinkel. Guten Morgen, meine Herren.
Eine wichtige Frage harrt heute Jhres scharfen
Geistes.

Hannemann. E' wichtige Fraage? Se mache
oim ja ganz gruselig, Herr Bürgemeischter.

Karinkel. Unsere schöne Stadt wird nämlich
jetzt ein Denkmal erhalten.

Meier (schwerhörig). Wie? was?

Hannemann. Was sage Se da?

Karinkel. Erstens, meine Herren, sind wir das
unserer Bildung schuldig.

Schulrat Börne. Darf ich mir die nicht ganz
nebensächliche Frage erlauben, für wen denn ein solches
Denkmal in Aussicht genommen worden sein könnte.

Schnabelwaid. Ich seh' gar net ei', worum
sich die Gameinde in U'koste stürze soll.

Karinkel. Meine Herren. Wen würden Sie
dieser Ehre am würdigsten finden? Denken Sie wohl
nach: einen ausgezeichneten Sohn unserer Stadt, die
so lieblich im fränkischen Gau ausgebreitet liegt oder

irgend so einen hergelaufenen Dichter, der nichts geleistet hat, als — nun ja, was leistet denn so einer
überhaupt —?

Börne. Nun, wenn an mich die allerdings
nicht ganz begreifliche Frage heranträte, so würde ich
ohne viel Zaudern die in diesem Falle einzig richtige
Antwort geben: Fröbel, dem Kindergärtner, setzet ein
Denkmal.

Karinkel. Aber das war doch kein Sohn
unserer Stadt.

Schnabelwaid. Wie heißt, hat denn unsere
Stadt überhaupt 'en Sohn?

Meier (hat sich unterrichten lassen). Mer brauche
koi' Denkmal! E' neies Schrannehaus brauche mer!

Hannemann. E' Denkmal wär' schon ganz
schön. Un' i moi' halt alleweile, ein Pfarrer Kneipp
thät endli' au' emal oins gebühre.

Börne. Aber, meine Herren! Denken Sie doch
an die Jugend! An die sittlichen Ideale, welche die
Schule verfolgt! Dann werden Sie mir beipflichten,
wenn —

Schnabelwaid. Mer brauche kei' Denkmal!
Der Meier hat ganz recht! Wozu? Was das wieder
for a Idee is.

Karinkel. Meine Herren, bitte, meine Herren —!

Hannemann. E' Denkmal brauchete mer scho',
wisse Se, —

Karinkel. Lassen Sie mich doch zu Wort
kommen, —

Hannemann. Schtill! Der Bürgemeischter
will rede.

Karinkel. Ein altes Dichterwort bewahrheitet sich heute an uns. Warum in die Ferne schweifen, sieh', das Gute liegt so nahe, sagt Goethe. Wir haben einen bedeutenden Sohn unserer Stadt. Mit Stolz kann ich es aussprechen: wir haben ihn. (Da ihm Meier eine Prise anbietet.) Danke, lieber Herr Meier. Der geniale Naturforscher Jakob Hockenjos hat den Tod im südlichen Eismeer bei Erforschung des Süd=pols gefunden.

(Schweigen. Verblüfftes Anstarren.)

Karinkel. Die Nachricht hat in der ganzen gebildeten Welt die größte Sensation hervorgerufen. Uns liegt jetzt die hohe Pflicht ob, diesen unsern größten Mitbürger auf eine würdige Weise zu ehren.

Börne. Hör' ich recht?

Meier. Was hat er gesagt?

Karinkel (mit erhöhter Stimme). Und zwar durch ein künstlerisch auszuführendes Denkmal.

Hannemann. Awer da soll doch glei' e' heilig's Herrgöttle von Mannheim drei'fahre! Der Jakob Hockejos?

Schnabelwaid. Wie heißt e' Denkmal? For was? For die Schulden, die er gemacht hat?

Karinkel. Meine Herren, all ihren Einwürfen kann ich mit einem einzigen Wort begegnen: Der Mann war ein Genie!

Schnabelwaid. E' — was?

Karinkel. Ein Genie!

Schnabelwaid. Was is das? — Stuß!

Börne. Ja, ich muß allerdings sagen —

8. Scene.

(Man hört Geschrei und heftigen Wortwechsel, gleich darauf tritt Frau Hockenjos, sehr aufgeregt, mit gerötetem Gesicht, unter die Thür, hinter ihr mit blödem Gesicht Abendrot.)

Frau Hockenjos. Ich wer' doch noch mit 'm Bürgermeister reden dürfen. So ein Lump, so ein vollgetrunkener! Behandelt man eine gebildete Frau so? Kerl! Will mich nicht hereinlassen! Kreatur!

Karinkel. Was gibt's denn, was gibt's denn, Frau Hockenjos —

Frau Hockenjos (in steigendem Redeschwall). Ich hoffe, Herr Bürgermeister und Sie, meine Herren, werden eine schutzlose Witwe nicht ganz dem Elend preisgeben. Jawohl, eine Witwe bin ich jetzt. Ein bettelarmes Geschöpf. So ein Schuft läuft davon, setzt sich auf ein Schiff und Frau und Kind sind am Hungerstab, am Betteltuch! Herr Bürgermeister, wir waren versichert bei der Lebensversicherung und so wie ich heut' früh im Blatt gelesen hab', daß er tot ist, hab' ich telegraphiert, daß sie mir schleunigst die Summe ausbezahlen. Und was meinen Sie, daß sie mir zurücktelegraphiert haben? Was meinen Sie? Summe schon behoben durch Versicherten vor Abreise darlehensweise!! Da is das Telegramm. Ja, ich bin ganz von Sinnen! Ich bin trostlos! Ich denk' mir, da laufst zum Bürgermeister, das kann ja nicht sein, das darf ja nicht sein, er hat ja gar nicht das Recht gehabt, der Schuft, mein Zusamm'g'spartes war's, mein Geld, der Schuft — —

Karinkel. Nur einen kleinen Augenblick unter= brechen Sie sich, liebe Frau! Wir beschäftigen uns soeben mit Ihrem Gatten. Denn bei allen Fehlern, die er besaß, werden Sie ihm doch nicht seinen großen menschlichen Verstand und seine — wie soll ich sagen — seine Herzensgüte abstreiten wollen?

Frau Hockenjos. Was? Was sagen Sie da?

Karinkel. Ein Mann, der sich für das Wohl der Menschheit eingesetzt hat!

Frau Hockenjos. Davon ist mir nichts bekannt.

Karinkel. Natürlich werden Sie als die Witwe eines so bedeutenden Menschen und großen Entdeckers das lebhafteste Interesse der Stadt in Anspruch nehmen können —

Frau Hockenjos. Um's Himmelswillen, was hat er denn entdeckt?

Karinkel. Den Südpol.

Frau Hockenjos. Den — was?

Hannemann. Dees isch e' g'schpaßige G'schicht'.

Karinkel. Ah, Bienemann, sind Sie fertig?

Bienemann (legt die Feder weg, steht auf, liest). In memoriam! Viele Jahrhunderte hindurch haben die Gelehrten aller Zonen und Erdteile vergeblich sich bemüht, den Schleier von jenem geheimnisvollen Gebiet unserer Mutter Erde zu ziehen, welches man den Südpol heißt. Denken wir nur an die kühnen Expeditionen Cooks, Weddells, Morrels und des großen James Roß, so schaudert uns schon vor der Summe der entsetzlichen Plagen und Entbehrungen, denen die menschliche Natur unter jenen hohen Breiten ausgesetzt ist. Alle diese todesmutigen Forscher mußten, durch das Treibeis, durch die sechsmonatliche Polar=nacht genötigt, stets auf halbem Wege umkehren.

Endlich hat es ein Mann gewagt, den unaussprechlichen Schrecknissen der Südmeere Trotz zu bieten, hat sich weder durch Eis und Schnee, noch durch Nacht und Hunger, noch durch Einsamkeit und Gefahr abschrecken laffen, sondern ist vorgedrungen — unentwegt! Hat sich voll und ganz als deutscher Mann entpuppt! Er hat durch beispiellose Kühnheit dem Südpol seinen mysteriösen Schleier entrissen, aber er hat es mit seinem Leben bezahlt. Und dieser Mann heißt Jakob Hockenjos.

Karinkel. Erheben wir uns von den Sitzen, meine Herren.

Frau Hockenjos (schluchzend). Mein guter, guter Jakob! Ich hab's doch immer gesagt.

Hannemann. Aah! Dees isch großartig.

Bienemann. Unsere Väter wissen noch zu erzählen, wie er als Kind dem Erdglobus seine frühesten Spiele geweiht, wie er auf dem Scheunenboden des väterlichen Hauses als Knabe astronomische Beobachtungen gemacht, um alles dies einmal später in den Dienst der großen Menschheitssache zu stellen. Dieser Mann, selbstlos, mutig, aufopferungsfähig, menschenfreundlich, prometheischen Geistes — er ist unter uns gewandelt. Wir haben ihn gesehen, wir haben mit ihm geredet, wir haben ihm die Hand gedrückt, wir haben täglich seine kleinsten Lebensäußerungen beobachten dürfen und wußten nicht, wer er war. Wie trefflich sagt doch Schopenhauer, der große Philosoph: wenn wir am Fuße eines Turmes stehen, wissen wir nicht, wie hoch er ist; erst in der Entfernung sehen wir, wie weit er über die Häuser emporragt.

So ein Turm war er. Und jetzt ist dieser Mann tot! Dieser Genius hat seinen Opfermut mit dem Leben bezahlt.

Karinkel. Großartig, Bienemann, großartig!

Frau Hockenjos (laut weinend). Mein guter, guter, guter Jakob! Wo bist Du hin?

Hannemann (zieht ein rotes Taschentuch). Ah noi, 'etz so ebbes!

Schnabelwaid (räuspert sich).

Abendrot (ist bis an das Pult vorgedrungen, lauscht andächtig).

Börne (zieht ein blaues Taschentuch). Es gibt Dinge zwischen Himmel und Erde —

Bienemann. Einem solchen Helden sind wir verpflichtet, wie Kinder einem geliebten Vater. Denn, wenn wir ihn unsterblich machen, ist auch unsere Stadt unsterblich, jeder Stein, den er mit seinem teuren Fuß betreten hat. Ihm werde ein Denkmal aus Erz errichtet, so dauernd wie jenes, das er sich in unsern Herzen gebaut hat.

Karinkel. Großartig, großartig, lieber Biene=mann!

(Allgemeine Rührung.)

Der Vorhang fällt.

Zweiter Akt.

Ein Zimmer in der Wohnung der Frau Hockenjos, welches weder hübsch noch häßlich eingerichtet ist, weder auf Armut noch auf Reichtum schließen läßt: wie eben Lehrerwohnungen in kleinen Städten aussehen. Durch die zwei Fenster des Hintergrunds sieht man (nicht erdgeschößig) auf einen leeren, freien Platz mit zierlichen alten Häusern, die sich gerade nach rückwärts zu einer Straße öffnen, welche wiederum den Fernblick in das weite ebene Frankenland bietet.

Es ist vierzehn Tage später; spät Nachmittag.

1. Scene.

Frau Hockenjos; Mettenschleicher.

Mettenschleicher. Zeigen Sie mir nur, was Sie haben. Je mehr, je besser.

Frau Hockenjos (in Schwarz). Das ist ein Bild, wie er dreißig Jahre alt war.

Mettenschleicher. Etwas mager. Etwas zu mager, möcht ich fast sagen. Ein großer Mann darf nicht zu mager aussehen.

Frau Hockenjos. Das da ist auf der Nürnberger Ausstellung gemacht worden. Hier ist er am nettesten.

Mettenschleicher. Ich möchte weniger sagen: nett, als kühn.

Frau Hockenjos. Da ist er mit Helene. Damals war Helene erst sieben Jahre alt.

Mettenschleicher. Das kühne paßt mir schon besser. Ein herrlicher Kopf! Tiefsinnig und düster ...

Frau Hockenjos. Ach, so eigentlich tiefsinnig war er ja nie. — Herein! Nein, diese Ehre, meine Damen, diese Ehre!

2. Scene.

Frau Hannemann, Frau Schulrat Börne, beide mit Konfekt, Obst und Blumen bepackt.

Frau Hannemann. Mer erlaube uns, au' e' bißle was beizutrage zu deme große Rummel. (Da Frau Börne sie anstößt.) No i moi' halt, es is doch gar zu schön, wenn e' Mann für sei' Vaterstadt bis zu de' Eisbäre krabblet.

Frau Börne. Und ich, liebe Frau Oberlehrer, was ich mit schwachen Kräften vermag — Sie wissen ja, wie mein lieber Heinrich zu sagen pflegt: das Herz ist alles, die Hand ist nichts.

Frau Hockenjos. Ich bin zu Thränen gerührt, meine Damen. So viele Güte verdien' ich ja gar nicht und der teure Verstorbene.

Frau Börne. Aber ich bitte Sie, die paar Kleinigkeiten.

Frau Hannemann. Noi', noi', glauwe Se 's nit, Frau Hockejos! Drei Mark fufzig Pfennig hat die Frau Schulrat dafor ausgewe. Das sin' scho' koine Kleinigkeite mehr.

Frau Hockenjos. Wie soll ich Ihnen danken, liebe Frau Schulrat und Ihnen, Frau Stadtverordnete. Ein Täßchen gefällig?

Frau Hannemann. Mer danke au' schön, mer hawe ewe drei Schälche getrunke — mer trinke immer — (Schweigt auf einen zornigen Blick der Frau Börne.)

Frau Hockenjos. Ach, entschuldigen die Damen tausendmal und Sie, Herr . . . Herr Doktor . . . . Das ist der Künstler, der das Denkmal für meinen unvergeßlichen Seligen bauen wird.

Mettenschleicher (verbindlich). Mettenschleicher.

Frau Hannemann. Den Name haw' ich doch schon amal gehört. War Ihr Va ter nit Schlosser= meister in Donaueschinge' driwe?

Frau Börne (mit Lorgnon). Nun sieht man doch auch einmal einen Künstler. Die Kunst sollen wir heilig halten, pflegt mein lieber Heinrich zu sagen, denn sie stützt Thron und Altar.

Mettenschleicher. Das ist auch die wahre Aufgabe der Kunst.

Frau Hannemann. Drehe' Se sich doch e' bissele 'rum, Herr Kinschtler, daß ich Ihne ins Profil sehe' kann. (Klopfen.)

2. Scene.

Vorige. Frau Zolloberkontrolleurswitwe Balmesberger, Bienemann.

Begrüßung. „Guten Tag! Wie angenehm! Noi', so ebbes!" (Platz nehmen.)

Frau Balmesberger. Gott, wie ich Ihne' beneid', Frau Hockejos, so e' tüchtige' Mann gehabt zu hawe.

Frau Hockenjos. Ja, er ist nicht mehr. (Taschentuch.)

Mettenschleicher. Nein, er ist nicht mehr.

Frau Börne. So ist alles vergänglich. (Seufzen.)

Frau Hannemann. Staub un' Asche sin' mier. (Händefalten.)

Frau Hockenjos. Darf ich Ihnen vielleicht ein Täßchen Kaffee geben, Frau Zolloberkontrolleurin?

Frau Balmesberger. Dank' au' scheen. Komm' ewe davon her.

Frau Börne (spitz). Na, die Bürgemeisterin hat wohl wieder jeden Tag ihre Assemblee?

Frau Balmesberger. Sage' Se, es muß doch ein schenes Gefühl sei', so als Witwe des großen Gelehrten?

Frau Hannemann. Bis zum Südpol? Mei' Konrad hat mersch verzählt. Mei' lieb's Herrgöttle, das isch doch viel von so'ne Mann. Un' der Doktor Bienemann hat halt wieder so wunderschön d'rieber g'schriewe'.

Bienemann. Das ist meine Pflicht. Ueberdies, meine Damen: eine große Neuigkeit! Der Regierungspräsident von Mittelfranken wird morgen mit verschiedenen Herren der Regierung zur Grundsteinlegung kommen.

Die Damen. Noi', so ebbes! So e' Ehr'!

Frau Börne. Es soll ja ein großes Fest damit verbunden werden.

Frau Hannemann. So ebbes läßt sich unser Bürgemeischter net entgehe'.

Frau Börne. Wie er doch gleich eingetreten ist für das Denkmal, wo er's doch gar nicht nötig hätte. Mein lieber Heinrich übrigens auch. Mein lieber Heinrich war gleich Feuer und Flamme dafür. Für so einen armen Gelehrten muß doch etwas ge=scheh'n, sagte mein lieber Heinrich zu mir.

Frau Balmesberger. Grad' da vor's Haus kommt das Denkmal hin.

Frau Hannemann. Ham Se denn scho' an=gefange zu baue, Herr Kinschtler.

Frau Balmesberger. Wie wird's denn?

Mettenschleicher (während deffen Worten tritt Helene ein und stellt sich schen in den Hintergrund, hört aber mit leuchtenden Augen zu). Ich will die große Pose des Entdeckers durchführen. Tiefsinnig und düster der Kopf, kühn die Augen. An den Sockel lehnt sich ein Engel mit Fittigen, der ein Fernrohr in der Hand hält.

Frau Hannemann. Ach, wie scheen muß das sein.

Bienemann. Eine Zierde unserer Stadt!

Frau Balmesberger. Es wird awer jetz' Zeit, daß mer aufbreche.

Frau Börne. Ja. Um sechs Uhr kommt mein lieber Heinrich von der Lehrerkonferenz zurück.

Bienemann (zieht Frau Hockenjos beiseite). Ich soll Ihnen sagen, daß die Frau Bürgermeister Sie um sechs Uhr ganz allein zum Thee erwartet.

Frau Hockenjos (gebläht, laut). So? Also um sechs Uhr erwartet mich die Frau Bürgermeister zum Thee? Es ist gut, ich werde kommen.

Bienemann (brummt). Gans! — Geben Sie mir doch die Briefe Jhres Mannes, die Sie mir versprochen haben. Sie wissen ja, daß ich die Festrede schreibe, die der Bürgermeister morgen halten wird.

Frau Hockenjos. Sie sind in der Schublade. Helene kann sie Jhnen ja geben. Hörst Du, Helene? — Es ist ja gleich sechs Uhr und ich will nicht zu spät kommen.

Mettenschleicher (bei den Damen). Schönheit und Wahrheit, meine Damen, das sind eben die Grundpfeiler der Kunst. Es gibt keine Schönheit ohne Wahrheit und keine Wahrheit ohne Schönheit.

Frau Hannemann. 's isch doch einzig, was so e' Mann alles denkt!

(Alle ab unter großem Geklatsch: „Das schöne Wetter heute — mein Heinrich sagt immer — mein Seliger war ja so einfach — Wahrheit ohne Schönheit läßt sich nicht denken — Die Dinkelsbühler were sich ärgere" — — —)

3. Scene.

Helene. Bienemann.

Bienemann. Gott sei Dank! — Man hat doch auch nur einen Kopf, wenn man auch Redakteur ist.

Helene (wie im Trotz). Die Briefe sind da drinnen. (Räumt; gibt sie ihm.)

Bienemann. Berlin, den . . . . . Hamburg, den . . . . . Hamburg, den . . . . . ~~Ja! — Vom Schiff~~ aus ~~haben~~ Sie nichts.

~~Helene. Nein.~~

Bienemann. Keinen einzigen? — (Brummt.) Herrgott, das soll ich nu' auch wieder erfinden! — Schließlich ist er gar nie auf einem Schiff gewesen. Na, mir kann's gleich sein.

Helene. Was sagen Sie da?

Bienemann. Ich sage nur, daß das Leben eine sehr hübsche Einrichtung ist, Fräulein. — ~~Schließlich kommt der Kerl zurück.~~

Helene. Sagen Sie, ist mein Vater wirklich so ein großer Mann, wie's in der Zeitung steht?

Bienemann. Alles, was in der Zeitung steht, ist wahr, Fräulein.

Helene. Alles?

Bienemann. Alles! Dafür ist ja die Zeitung da. Wenn auch die Zeitung noch lügen würde, dann wäre ja das Leben keinen Schuß Pulver wert.

Helene. Ja, das glaub' ich auch. Es ist ja auch gedruckt.

Bienemann. Na, sehen Sie. — Meine Lieben, hiedurch teile ich euch mit, der Wein ist hier sehr teuer .... Der kommt wieder, der kommt wieder, wenn sein Geld gar ist, oder ich will Kaiser von China sein. ...

Helene. Was sagen Sie?

Bienemann. Ich meine nur, daß Ihr Vater sehr falsch beurteilt worden ist.

Helene. ~~Nicht wahr~~? Sagen Sie mir doch, wer das geschrieben hat, von meinem Vater in der Zeitung?

Bienemann. Das? Das war ich selber, höchst=
eigenhändig.

Helene (freudig). Sie! Das war wirklich edel
von Ihnen. Gott, wie schön können Sie schreiben!
~~Und so zu Herzen geht es einem.~~

Bienemann. So? Ja, wissen Sie, ich bin
eben so ein tieffühlendes Gemüt. Alles packt mich
gleich so.

Helene. Den ganzen Abend hab' ich weinen
müssen darüber. Natürlich, auch deshalb, weil Vater
einen so furchtbaren Tod hat leiden müssen. Und daß
ich ihn nicht mehr sehen soll und alles. Aber dabei
war ich auch so stolz auf meinen Vater, so unendlich
stolz, daß es mir ganz heiß geworden ist. Und wenn
Sie so schön schreiben können, ich meine, wenn Sie
so etwas geschrieben haben, da muß Ihnen doch
ganz selig zu Mut sein vor Glück.

Bienemann. Ja . . . a, so ein bißchen. Das
gewöhnt man ja.

Helene. So ~~che Leute heißt man Dichter, nicht?~~
Sind Sie ein Dichter?

Bienemann. Nein, das gerade nicht. So was
Aehnliches.

Helene. ~~Ist das was~~ Hohes, ein Dichter? Die
machen Gedichte, nicht?

Bienemann. Ja. Schließlich, ein Dichter, das
ist lauter Windmacherei.

Helene. Und ~~sagen~~ Sie, Herr Bienemann,
wenn mein Vater so ein bedeutender Mensch war,
wie Sie geschrieben haben, müssen ihn doch alle
Menschen verehren?

Bienemann. Selbstverständlich.

Helene. Und dann — sagen Sie mir noch etwas.

Bienemann. Was denn, kleines Fräulein?

Helene. Sagen Sie mir, wenn mein Vater noch am Leben wäre, es ist ja dumm, aber ich meine nur so — oder er käme wieder — würden ihn da die Leute auch noch verehren?

Bienemann. Aber ganz zweifellos!

Helene. Muß das schön sein! Wenn man so einen Mann im Leben sieht, da glaubt man's erst gar nicht. Erst wenn er tot ist, nicht?

Bienemann. So ist das Leben! Nein, wie Sie einen aber auch ausfragen können, Fräulein Helene.

Helene. Sie dürfen schon Helene sagen. Fräu= lein Helene klingt so komisch.

Bienemann. Bon, sagen wir Helene.

Helene. Noch etwas sagen Sie mir, Herr Biene= mann, aber Sie dürfen nicht bös sein! — glauben Sie nicht, daß es doch hie und da einmal vorkommt, daß einer in der Zeitung etwas lügt?

Bienemann. Ach wo! Niemals!

Helene. Ich meine nur. So hie und da könnte es doch ganz gut vorkommen.

Bienemann. Das sind eben dann gewissenlose Kreaturen, denen ihre Ehre für Geld feil ist.

Helene. Ja, nicht wahr? Sehen Sie, Herr Bienemann, ich finde, daß es so gemein ist, zu lügen. Sie nicht auch?

Bienemann. Bisweilen muß man aber. So eine ganz, ganz kleine Lüge —

Helene. O niemals würde ich lügen! Niemals —!

Bienemann (starrt sie an).

Helene. Und Sie? Könnten Sie —?

Bienemann (betreten). Ich ... mein Gott ... sympathisch ist mir die Sache ja nicht. Aber manch= mal verlangt es das Gemeinwohl.

Helene. Gemeinwohl? Was ist das?

Bienemann (denkt nach). Gemeinwohl ... das ist das, was viele thun müssen, um einen Einzelnen zu fördern.

Helene. Das versteh' ich nicht.

Bienemann. Danken Sie Gott. Danken Sie Gott, Helenchen!

Helene. Ich freu' mich so auf das Fest morgen. Da wird das Denkmal erst gegraben, nicht?

4. Scene.

Während der letzten Worte ist die Thüre leise aufgegangen und, von beiden ungesehen, hat Hockenjos den Kopf herein= gesteckt, in sich hineinlachend. Dann kommt er ganz herein, schleicht hinter Helenens Stuhl und preßt beide Hände vor die Augen der erschreckt Auffahrenden. Er ist im Reiseanzug, der sehr verwildert aussieht. Langer Bart.

Bienemann (aufs höchste erstaunt und erschrocken, tritt zurück, schlägt die Hände zusammen).

Hockenjos. Wer ist's?

Helene (erschrickt, zittert, befreit sich, starrt, breitet die Arme aus, jubelnd.) Vater! (fällt ihm um den Hals)

Hockenjos (bewegt; kichernd). Guck e'mal einer das Mädche an!

Bienemann. Ja — wo kommen Sie denn her? Das ist ja — das ist ja — schrecklich — das heißt es ist — natürlich — sehr — nein, so etwas — —

Helene. Vater! schau mich doch an! Und wie Du aussiehst — hast Du wirklich den Südpol entdeckt — nein, wie froh bin ich, wie glücklich bin ich!

Bienemann. Und hat Sie schon jemand gesehen in Schopfloch?

Hockenjos. Da gucket e'mal aa, den Bienemann! Wie kommet Se denn da her? Daß Dich's Mäusle beiß! Noi', kein oinzige Mensche han i g'sehe! 's is ja scho' finster. Wo isch denn die Alte, wo isch denn Dei' Mutter, Mädle?

Bienemann. Ich bin ja noch ganz — ich weiß ja gar nicht, was da zu thun ist — es ist ja ganz unheimlich! Sind Sie's denn wirklich?

Hockenjos. Was habet Se denn?

Bienemann. Wie kommen Sie denn da her, unglückseliger Mann!

Hockenjos. Unglücklich? I bin ja froh, daß i wieder dahoim bin, gelt Mädle?

Helene. Erzähl' doch, Vater, wo Du warst.

Hockenjos. Hast koin Wei' da, Mädle, daß i mir die Zunge e' bissele anfeuchte thät.

Bienemann (kommt auf eine Idee, zu Helene). Bringen Sie allen Wein, den Sie zu Haus haben, fünf, sechs Flaschen — auf meine Verantwortung.

Helene. Warum denn?

Bienemann. Ja — mein Gott . . . na ja, der arme Mann hat vielleicht seit Monaten nichts getrunken, schnell, schnell — (Helene ab.) Ich muß ihn fesseln mit Wein . . . . Ja, lieber Freund, erzählen Sie doch! Sind Sie denn dem Untergang des Schiffes entkommen? Der „Eisvogel" ist doch zu Grund ge= gangen . . .

Hockenjos. Ja, lieb's Herrle, der isch mir viel zu langsam g'fahre. Wie e'mal das Eis ang'fange hat, han i meine Schlittschuh' ang'schnallt und bin g'loffe.

Bienemann (geht auf alles ein). So? Und wie sieht's denn aus da drunten?

Helene (kommt mit mehreren Flaschen Wein). So, Vater . . . (Zündet die Lampe an, hört dann begierig zu.)

Hockenjos (trinkt). Ja, lieb's Herrle, der Süd= pol, des isch e' ganz merkwürdige Sach'. Also, wisset Se, da isch e' großmächtiges Loch. Un' in deme große Loch sitze lauter Eisbäre un' starre ei'm aa. Und dieses Loch, das isch der Südpol. (Trinkt.) Un' 's isch so gottjämmerlich kalt da, daß ei'm die Zung' an die Zähn festg'friert. Un' dann isch halt alles unerschwinglich teier da drunte. E' Rindsbrate koscht siewe' Mark. Linse' mit Spätzle drei Mark. (Trinkt.) Wo hascht 'n den gute Woi' her, Mädle?

Helene. Den haben wir geschenkt bekommen von den Leuten —

Bienemann. Wie sind denn die Leute dort unten?

Hockenjos. Recht liebenswirdige Leutche sin's. Awer, wisset Se, sie sprechen südpolnisch un' statt

3*

Gutnacht saget se Kutschkurutsch, un' statt profit saget se heiweitsch. E' g'spaßig's Ländle. — Heiweitsch, Bienemännle, sollscht ~~lewe~~'!

Bienemann. Proft! Und was die wissen=schaftlichen Erforschungen anbelangt —

Hockenjos (hat eine neue Flasche angebrochen). Lieb's Herrle, dadanach derfet Se mi' net frage'. Des isch so e' tieffinnige Sach'. Der Südpol, wisset Se, der Südpol, ich sag' Ihne', e' Aussicht hent Se da! Un' wenn mer erscht drowe' is auf der höchste' Spitz un' mer gucket riewer bis ins Amerikanische, des isch prachtvoll! (Trinkt.) Des isch an Anblick für Götter. Un' na hent se da so g'schpaßige Weiberle — Meer=jungfraue' heißet se — geh' e'mal 'en Auge'blick 'naus, Helene . . .

Bienemann (zieht Helene beiseite). Helene, jetzt zeigen Sie, daß Sie ein gutes Kind sind — gehen Sie schleunigst in die Wohnung des Bürgermeisters und rufen Sie ihn her —

Helene. Warum denn nur —

Bienemann. Sie sollen nicht fragen. Sprechen Sie auch mit keinem Menschen sonst. Ich mache Sie selbst verantwortlich — gehen Sie, gehen Sie! Sie können ja in einer Viertelstunde wieder da sein. Vielleicht begegnen Sie auch Ihrer Mutter, nur schnell, schnell, adieu!

Helene (die anfangs ängstlich gezaudert, weicht Biene=manns Hast und Ungestüm, ab).

Hockenjos (der unterdessen vor sich hingeträllert, trinkt. Selig). Ich sag' Ihne, lieber Bienemann, e' Ländle isch des! Also wisset Se, umene ganze Südpol 'rum

ifch e' Zaun, e' Eiszaun. Un' wenn Se da in die
Nähe kommen, da ifch fo kalt, daß die Cigarre ver=
löfche. Awer in der Nacht, wenn der Mond fcheint,
der ifch fo groß wie e' Haus. Un' die Sterne fin'
fo groß wie bei uns der Mond. Da glitzeret Jhne
das Eis weit un' breit un' die Eisbäre fchreie (trinkt,)
e' guet Weinle ... wiffet Se, die Eisbäre, des ifch
dort wie bei uns die Katze. E' jede Familie hat fo
Eisbäre un' die gehe nachts auf die Eismauf
un' wenn man fich ins Bett legt, kommet die
flöh' un' fteche ei'm graufam, daß es ganze
g'friert. (Trinkt.)

Bienemann. Sonderbar! Höchft fonderba
Wie weit fährt man denn hinunter.

Hockenjos. No, fo ebbes über acht Tag halt.
Un' kofchte thut's e' Maffe Geld .... (Singt.) Jm
fchwarze Walfifch zu Askalon ... (Lallend.)

Bienemann. Jetzt hör' ich jemand. Das wird
Jhre Gattin fein ...

Hockenjos (kann kaum noch fprechen). Die Walfifch,
wiffet Se, die fin' fo lang, wie von hier bis Dinkelfch=
bühl. Da fin' ganze Dörfer d'rauf, un' ...

5. Scene.

Dorige. Frau Hockenjos.

Frau Hockenjos (tritt froh bewegt ein, fieht Hockenjos, prallt zurück, aufs höchfte entfetzt; fie wankt und muß fich
ftützen).

Bienemann (ironifch). Jaja. Da ift er nun
wieder.

Frau Hockenjos. Was? Der gemeine Kerl ist wieder da?

Hockenjos. Kathrine, komm' her! ... Ich ... ver .... zeih' Dir alles. Ich bin e' gueter .... M ... mensch ...

Frau Hockenjos (lehnt sich, vor Erregung weinend, an den Thürpfosten). Alles verloren! Alles umsonst!

Bienemann. Liebe Frau, das ist ja lächerlich! Wir dürfen nicht die Besinnung verlieren. Nur Besonnenheit kann uns retten. Ich hab' ihn betrunken gemacht. Er kann ja kein Wort reden.

Frau Hockenjos. Jetzt geht das elende Leben wieder von vorn an. O Gott, o Gott!

Bienemann. Liebe Frau, beruhigen Sie sich doch. Seh'n Sie, er schläft ja schon ein. Niemand weiß etwas.

Frau Hockenjos (neu belebt). Glauben Sie, daß es geht?

Bienemann. Aber natürlich. Helene hab' ich zum Bürgermeister hinausgeschickt.

Frau Hockenjos. Die wird ja plaudern! Ach Gott, ach Gott, und die Bürgermeisterin war so liebenswürdig mit mir.

Bienemann. Ich habe ihr strengstes Schweigen anbefohlen.

Frau Hockenjos. Der Bürgermeister ist ja nach Ansbach hinüber! Er holt den Präsidenten zum Fest morgen früh.

Bienemann. Donnerwetter, das ist dumm.

Frau Hockenjos (empört). Nein, so eine Rücksichtslosigkeit gegen seine arme Familie —! O, Du —!

Bienemann. P — ft! Er fchläft ja fchon.
Ruhe! Nur Ruhe kann uns retten. Helene kann
gleich zurückkommen und vor der müffen wir vor=
fichtig fein.

Frau Hockenjos (wifpernd). Schläft er denn fchon
ganz?

Hockenjos (im Einfchlafen). Der ... Sidpol, meine
Herrfchaften ... das ifch die ... äußerfte Grenze ...
des ... Menfchen ...

Bienemann. Sch ... fch —! Machen wir das
Licht aus.

Frau Hockenjos (auf den Zehen). Pfch — fch —!
(Löfcht das Licht.) Wird er die ganze Nacht fchlafen?

Bienemann. O ja. Drei Flafchen! — St — ft!

(Während fie auf den Zehen hinausgehen, hört man auf der
Straße den Nachtwächter: Hört, ihr Herr'n, und laßt euch
fage, unf're Glock hat zehne g'fchlage. Zehn Gebot fchärft Gott
uns ein. Laßt uns ihm gehorfam fein)

Der Vorhang fällt.

Dritter Akt.

Spielt in demselben Raum am folgenden Morgen. Zehn Uhr. Sommersonnenschein.

1. Scene.

Bienemann. Mettenschleicher.

Mettenschleicher. Wo ist er?

Bienemann. Die holde Gattin hat ihn ins Schlafzimmer geschafft. Es geht nichts über ein liebendes Weib.

Mettenschleicher. Und er schläft noch?

Bienemann. Wie ein Sack Erbsen.

Mettenschleicher. Sie müssen schleunigst zum Bahnhof.

Bienemann. Erstens muß ich gar nichts. Zweitens hab' ich noch Zeit. Drittens gefällt's mir hier sehr gut.

Mettenschleicher. Wenn der Präsident einen Extrazug nimmt und früher ankommt, kann das größte Unglück passieren. Schließlich rennt uns der Kerl auf die Straße und der Skandal ist fertig.

Bienemann. Gott, warum foll er denn einen Extrazug nehmen?

Mettenfchleicher (erregt). Ja, warum foll er denn keinen Extrazug nehmen?

Bienemann. Meinetwegen fährt er mit dem Luftballon.

Mettenfchleicher. Schreien Sie doch nicht mit mir.

Bienemann. Ich habe gar nicht gefchrieen. Ich fpreche überhaupt immer fehr leife. Wer fchreit, der lügt, Herr Steinhauer.

Mettenfchleicher. Steinhauer? Sie vergeffen, daß ich Künftler bin, Herr.

Bienemann. Weshalb follen wir uns denn auch noch anfchwindeln. Wir find doch unter uns.

Mettenfchleicher. Erklären Sie fich deutlicher.

Bienemann. Sie wiffen doch, daß ich Dichter bin? Ich dichte die Lokalnachrichten im Schopflocher Tagblatt.

Mettenfchleicher. Verlieren wir unfere Zeit nicht mit Spitzfindigkeiten. Es ift nötig, daß Sie geh'n. Der Bürgermeifter muß fich gleich vom Präfidenten loszumachen fuchen und hieherkommen.

Bienemann. Ich muß ihn ja ohnedies allein fprechen, d. h. er mich. Er muß ja meine Rede haben.

Mettenfchleicher. Ihre Rede?

Bienemann. Mein Manufkript für den feier=lichen Akt, jawohl. Wiffen Sie denn nicht, daß ich des Bürgermeifters Gehirn bin? Er verfchwendet geradezu meinen Geift. Eines Tags werd' ich wegen

allgemeiner Gehirnentleerung der Armenkassa zur Last
fallen. Vielleicht bekomm' ich dann auch ein Denkmal
mit der Inschrift: Dem treuen Hohlkopf Bienemann
sein väterlicher Blutegel Karinkel. Jaja, ein schlauer
Mann.

Mettenschleicher. Sie sind bitter, lieber Freund.
Sie haben schlecht geschlafen heute Nacht.

Bienemann. Schlaue Leute, schlaue Leute!
Der eine, der Künstler, geht mit seinen Idealen hausieren
und verdient ein Heidengeld dabei, der andere strebt
nach Ehren und Würden und pachtet ein fremdes
Gehirn dazu. Und das arme Schreiberlein liegt auf
dem Strohsack und sagt dank' schön, wenn man ihm
einen Fußtritt gibt.

Mettenschleicher. Nehmen Sie Ihre Zunge
in acht.

Bienemann. So lang' ich auf die Drucker=
schwärze acht gebe, passiert Ihnen ja nichts.

Mettenschleicher. Brauchen Sie Geld?

Bienemann. Wieviel —?

Mettenschleicher. Sagen wir: — zu einem
lustigen Sonntag.

Bienemann. Das kommt darauf an, wie lustig
Sie bei solchen Gelegenheiten zu sein pflegen ... Ein
lustiger Sonntag und 364 Werktage, das ist mir sonst
zu wenig. Sie beleidigen mich.

Mettenschleicher. Ich bitte Sie, gehen Sie
jetzt zum Bahnhof. Ich kann ja nicht, das würde
auffallen. Ich wache hier. Gehen Sie, sonst ist
alles verloren. Ich biete drei vergnügte Sonntage.

Bienemann. Sagen wir fünf, jeden zu zehn Mark..

Mettenſchleicher. Vier.

Bienemann. Fünf.

Mettenſchleicher. Alſo gut.

Bienemann. Man muß ſich ſeine Gutmütigkeit bar bezahlen laſſen — danke — ſonſt kommt man in üble Nachrede. Ich gehe ſchon. Seh' ich anſtändig aus? — Wie ein Mann, der bereit iſt, fürs Vater= land ſein Herzblut zu vergießen —?

Mettenſchleicher. In einer Stunde ſoll ſchon die Grundſteinlegung ſein. Wie ſoll das enden? Es iſt ein unabſehbares Unglück.

Bienemann. Ach wo! Verſprechen Sie dem Mann d'rin ein kleines Weingut am Popocatepetl und er wird verſchwinden, um ſeinem Denkmal Platz zu machen. Adieu, Herr Künſtler. (Ab.)

Mettenſchleicher. Komiſche Leute, dieſe Journa= liſten. Ganz gute Menſchen, ganz brauchbare Arbeiter, nur zu geſcheit, viel zu geſcheit.

2. Scene.

Helene. Mettenſchleicher.

Helene (verweint, ſieht ſich ratlos um, ſpäht ins Neben= zimmer). Ach, ſagen Sie mir doch nur, was das alles bedeuten ſoll.

Mettenſchleicher (verlegen, räuſpert ſich). Mein Name iſt Mettenſchleicher.

Helene. Warum ſind Sie denn allein da? Es ſind jetzt immer lauter fremde Leute bei uns.

Mettenſchleicher. Ihre Frau Mutter hat mich erſucht, zu warten. Herr Bienemann —

Helene. Wo ist er? Er ist ein so guter Mensch. Und so aufrichtig. Er wird mir alles sagen.

Mettenschleicher. Nun ja, Bienemann versteht sich so aufs Schreiben, aber tiefere menschliche Qualitäten besitzt er doch nicht. Kann ich Ihnen vielleicht dienen? Was wollen Sie wissen?

Helene (leidenschaftlich). Ich will wissen, warum mein Vater wieder fort soll, warum ihn niemand sehen soll —

Mettenschleicher. Aber, Fräulein, das ist ja wegen des Denkmals.

Helene. Aber wenn er wieder da ist, braucht er doch kein Denkmal.

Mettenschleicher. Das ist eine ganz irrige Ansicht, Fräulein. Ein Denkmal braucht er jedenfalls. Ein Mann von seinen Verdiensten! Diese unbestreitbaren Verdienste werden aber sofort gegenstandslos, wenn der Mann lebt. Ein Denkmal ist nur dazu da, um das Volk an Menschen glauben zu machen, für die es ohne Denkmal kein Verständnis hätte. Und so ist es hier. Wenn man also erfährt, daß Ihr Vater da ist, würde die Stadt und der Bürgermeister und Ihr Vater selbst, der Präsident und all die Leute, die sich interessiert haben, dem Hohn des ganzen Landes preisgegeben sein.

Helene. Davon versteh' ich kein Wort.

Mettenschleicher. Das macht die Jugend, Fräulein.

Helene. Ich glaube, ich glaube — irgend etwas geht hier nicht mit der Wahrheit zu.

3. Scene.

Frau Hockenjos. Vorige.

Frau Hockenjos (erregt). Etwas Neues? (Sie ist ganz schwarz gekleidet, mit langem Schleier.)

Mettenschleicher. Verehrte Frau — nicht daß ich wüßte.

Frau Hockenjos. Schläft er noch? — (Zu Helene) Geh' hinaus, Du Fratz! (Helene ab.) Wo ist der Bürgermeister?

Mettenschleicher. Er muß bald kommen.

Frau Hockenjos. Eine Nacht hab' ich verbracht! Furchtbar! Wenn ich nur wüßte, was jetzt geschehen soll! Ich armes Weib!

Mettenschleicher. Man wird alles aufs beste ordnen. Beruhigen Sie sich! . Hören Sie auf die herzlichen Worte des Künstlers.

Frau Hockenjos. Ach ja!

Mettenschleicher. Wie schön sind Sie in Ihrem Schmerz.

Frau Hockenjos (schmachtend). Glauben Sie?

Mettenschleicher. Diese zarten Hände.

Frau Hockenjos. Ach, diese Künstler.

Mettenschleicher. Ich muß Ihnen sagen, ich bin eben ein Idealist. Nur ideale Güter können mich locken (küßt ihre Hand). Mein Geist ist nicht fähig, das lügnerische Treiben all der Zwerge zu begreifen, die um mich zappeln.

Frau Hockenjos (rückt näher zu ihm). Die Welt ist aber auch zu schlecht.

Mettenschleicher. Mein Unglück ist es, daß ich immer sage, was ich fühle.

Frau Hockenjos. Weil Sie eben ein edler Mann sind.

Mettenschleicher. Ach — edel gerade nicht.

Frau Hockenjos. Doch. Und gut.

Mettenschleicher. Ja. Gut vielleicht. Obwohl ich lieber sagen möchte: gütig.

Frau Hockenjos. Sie könnten niemals eine Frau prügeln?

Mettenschleicher. Nein. — Hat — er —?

Frau Hockenjos (nickt).

Mettenschleicher. Der Elende! (Küßt ihre Hand.)

Frau Hockenjos. Der Trunkenbold!

(Geräusch; beide fahren auseinander. Die Thür wird hastig aufgerissen.)

4. Scene.

Bienemann. Karinkel. Vorige.

Karinkel (rot, erhitzt). Wo ist er?

Mettenschleicher. Er schläft.

Karinkel. Aufwecken!

Frau Hockenjos. Gleich. (Ab).

Karinkel. Es ist eine Katastrophe. Ich bin vernichtet. Ein ruinierter Mann. Lächerlich gemacht. Unmöglich.

Mettenschleicher. Er muß auf der Stelle fort.

Karinkel (wütend). Fort? Totschlagen!

Mettenschleicher. } Sch — Sch!
Bienemann.

Karinkel. Der Präsident ist hier.

Mettenschleicher. Man muß ihn einsperren.

Karinkel. Wen?

Mettenschleicher. Hockenjos.

Karinkel. Der Ministerial=Sekretär ist hier, der Oberlandesgerichtsrat ist hier — —

Bienemann. Ja, es ist eine furchtbare Lage.

Mettenschleicher. Dabei war der Kerl gar nicht am Südpol. (Klopfen.)

5. Scene.

Vorige. Börne.

Karinkel (erschrickt). Wer ist da?

Börne. Ich wünsche allerseits einen guten Morgen.

Karinkel. Verfluchter Kerl! (Winkt Bienemann, der sich an die Thüre links stellt.)

Börne. Endlich finde ich Sie, teurer Bürger= meister. Obwohl mir mein Amt die größte Be= wegungsfreiheit verstattet, möchte ich doch heute bei Gelegenheit eines mit so außerordentlicher —

Karinkel. Fassen Sie sich doch kurz.

Börne (beleidigt). Ich bin leider nicht in der Lage, mich so kurz zu fassen, als ich in Anbetracht der Dinge wohl wünschte. Es handelt sich hier um die reihenweise oder die kolonnenweise Aufstellung der Knaben, denn wie die militärische Form —

Karinkel. Herrgott, machen Sie 's wie der Pfarrer Aßmann.

Börne. Wie meinen Sie?

Bienemann (hält die Thüre zu).

Karinkel (aufgeregt). Stellen Sie reihenweise auf und stellen Sie kolonnenweise auf, aber beeilen Sie sich!

6. Scene.

Hannemann. Vorige.

Hannemann. No, Gott sei Dank, da sin' ja die Herre.

Karinkel. Herrgott! Herrgott!

Mettenschleicher. Was wünschen Sie denn, lieber Hannemann?

Hockenjos (von drinnen, brummt).

Börne. Was ist das?

Karinkel. Das ist eine Einbildung von Jhnen, Herr! (Zu Hannemann, indem er die Thür öffnet). Was wollen Sie?

Hannemann. Solle die Straße, wo die Ex'lenz durchkommet, blau=weisch oder schwarz=weisch=rot beflaggt were?

Karinkel (ringt nach Atem). Blau=schwarz=weiß=grün, ja!! Scheren Sie sich hinaus!

Börne und Hannemann (entrüstet und erschreckt ab).

Karinkel (sperrt die Thüre zu). Meine Herren: einen Schwur, daß die Sache nicht über unsere Lippen kommt!

Mettenschleicher. Jch schwöre.

Bienemann. Wir schwören. (Oeffnet die Thüre.)

7. Scene.

Hockenjos. Frau Hockenjos. Bienemann.
Mettenschleicher. Karinkel.

Hockenjos (sehr verkatert, sieht sich grimmig um).

Karinkel. Wie können Sie sich erlauben, hieher zurückzukommen?

Hockenjos. Des isch ja der Karinkel. Bisch Du's, Karinkel. Grüeß Di' Gott! Wie geht's denn alleweile! Mir sin' ja Schulfreunde und —

Karinkel. Sie müssen schleunigst abreisen. Du mußt schleunigst abreisen.

Hockenjos. Was isch dees?

Bienemann. Waren Sie denn am Südpol?

Frau Hockenjos. Und wo hast denn das Ver=sicherungsgeld hingebracht, Du Lump! Du Aufschneider!

Mettenschleicher. Sie haben entschieden kein Recht, hier zu bleiben.

Hockenjos. Höllehimmelteufelsakrabombeele=ment noch e'mal, noi! Was habet Se denn mit mir! So ebbes! Noi, so ebbes!

Mettenschleicher. Um Gotteswillen, Ruhe!

Bienemann. Wenn das der Präsident hört.

Mettenschleicher. Oder der Ministerialsekretär.

Karinkel. Bitte, lassen Sie mich mit meinem Jugendfreund ein Wort reden. Lassen Sie mich mit ihm allein. Er ist ja ein vernünftiger Mann. Sind Sie fertig mit der Rede, Bienemann. Gut, geben Sie mir das Manuskript. Sie schreiben ja so deutlich, daß ich es gleich ablesen kann.

Hockenjos. Ich bin ja wie vor de' Kopf g'schlage!

Karinkel (zieht Bienemann beiseite). Gehen Sie schleunigst zum Bader Federlein. Er soll draußen warten, bis ich ihn hereinrufe! (Alle ab, bis auf)

8. Scene.

Hockenjos. Karinkel.

Karinkel. Also, teurer Freund meiner Jugend, setzen wir uns.

Hockenjos. Des isch doch e' Red'. Siehstes, Karinkel, jetz' g'fallst mer scho' wieder, Du Wind=beutel, Du.

Karinkel. Es ist Dir vielleicht bekannt, daß wir Dir ein Denkmal setzen hier in Schopfloch.

Hockenjos. Wa — —?

Karinkel. Heute Vormittag ist die Grundstein=legung.

Hockenjos. Isch denn des wirkli' wahr? Wo=für denn? Mir? Dem Hockejos? (Bricht in langes Gelächter aus.)

Karinkel. Weil Du in kühnem Mannesmut zum Südpol vorgedrungen bist.

Hockenjos. Ja, — — das isch halt so e' Sach'. Eigetlich bin i bloß bis Hamburg vorgedrunge'. Un' wie i mei' Geld versoffe g'habt hab', bin i Keller=meister g'wore bei e'me Wei'wirt. Un' nachher bin i wied'rum heimwärts — vorgedrunge' . . . .

Karinkel. St! Du bist bis zum Südpol vor=gedrungen.

Hockenjos. Narrisch's Lueder, 's isch ja net wahr.

Karinkel. So hör' mich an. Das Volk glaubt es. Deshalb ist es wahr. Sieh' hinunter. Die Leute versammeln sich schon. (Schielt in das Manuskript Biene=manns.) Du bist zum Südpol vorgedrungen. Bedenke

doch nur, dies arme Volk hat endlich einen Helden
gefunden, eine Größe, an die es sich klammern kann,
ein Ziel. Und das bist Du!

Hockenjos. Ja, dafür kann ja ich nix.

Karinkel. Willst Du ihnen denn frevelhaft ein
Ideal rauben? Es ist ja ein Mord, lieber Freund;
denke doch nach. (Aus dem Manuskript.) Jeder, der
vorübergeht, nimmt ein Stück mit, bewahrt es in sich
auf, wird besser, reiner dadurch, eifert Dir nach,
bringt ebenfalls Großes hervor und nützt so wieder
seinen Mitbürgern. — Kannst Du es über Dich
bringen, alles dies im Keim zu morden, ja geradezu:
morden!?

Hockenjos (der mit offenem Mund zuhört). Ja, wenn
des aso isch ...

Karinkel. Selbstverständlich ist es so, lieber
Freund. Du siehst ein, daß es für Dich nichts Besseres
gibt, als zu geh'n.

Hockenjos. Noi, noi, i thu's net, i thu's net.

Karinkel. Lieber Freund, das Vaterland ver=
langt ein Opfer von Dir, Deine Vaterstadt! Ich gebe
Dir Geld, Du fährst mit dem nächsten Schiff nach
Amerika, Du kaufst Dir eine Farm oder einen Wein=
berg, Du läßt Deine Familie nachkommen — das
alles wird Deine Vaterstadt opferfreudig bezahlen, das
will ich den Herren Stadtverordneten schon beibringen.

Hockenjos. Unter dene Bedingunge' muß i
mir die Sach' überlege'.

Karinkel. Jetzt erkenn' ich meinen lieben alten
Hockenjos wieder. Aber nicht überlegen, nur nicht
überlegen.

Hockenjos. Also, Bürgemeischter, i will Dir was sage'. J geh' auf die G'schicht ei'. Nur oine Bedingnis hätt' i.

Karinkel. Nur heraus damit, mein teurer Jugendfreund —

Hockenjos. Daß D' mir mein Weib nit nach= schickst.

Karinkel. Aber selbstredend, das ist doch nicht mehr als billig.

Hockenjos. Dein Wort d'rauf?

Karinkel. Mein Wort. Dafür fährst Du — jetzt ist es elf — um 12^{20} ab. Und kehrst niemals zurück. (Gemurmel der Menschenmenge unter den Fenstern, die geschlossen sind.) Hörst Du, das Volk wartet schon. Dort drüben steht schon Deine Frau als trauernde Witwe. Wir thun eben alles, damit das Volk Dich bewundert. Und wir hätten es gar nicht nötig. Wir stehen ja selbst im Sonnenlicht und jeder blickt auf uns. Wo hab' ich denn meinen Hut —? Und jetzt, mein lieber Freund, läßt Dir Du den Bart abrasieren und ich gehe, meine Rede zu halten.

Hockenjos. E' g'schpaßige G'schicht . . .

Karinkel (ruft hinaus). Federlein!

9. Scene.

Federlein. Vorige.

Federlein. Wünsche wohl geruht zu hawe'. Mein unterthänigschtes Kompliment. (Stutzt, da er Hockenjos sieht.)

Karinkel. Heute hab' ich einen schweren Ver= trauensposten für Sie. (Zieht ihn beiseite.) Ihr Ehren=

wort, daß über diese Stunde nie ein Wort über Ihre Lippen kommt.

Federlein. Na, nadierlich haure' Se mei' Ehre'wort.

Karinkel. Hier ist Geld.

Federlein. Mei' heiligschtes Ehre'wort.

Karinkel. Leise! Der Mann dort gab sich für unsern geliebten Helden Hockenjos aus und drängte sich in das Haus ein. Er wurde entlarvt. Wenn ihn das Volk sieht, würde es ihn lynchen. Daher will er, daß ihm der Bart abgenommen wird. Thun Sie es, aber sprechen Sie kein Wort mit ihm. Sie dürfen ihn nicht aus dem Zimmer gehen lassen. Adieu. (Ab.)

Federlein. Mein unterthänigschtes Kompliment, Herr Bürgemeischter.

(Man hört Gemurmel und Hochrufe.)

10. Scene.

Hockenjos. Federlein.

Federlein (bindet die Serviette um, seift Hockenjos ein).

Hockenjos. Was hat er denn da g'wischpert mit Ihne'.

Federlein (schweigt).

Hockenjos (gemütlich). No, Federlein, wie geht es alleweile? Guet?

Federlein (schärft das Messer).

Hockenjos (stutzt). Hast'es Maulwerk verlore', Bartputzer, schecketer?

Federlein (setzt das Messer an). Sch — Sch —!

Hockenjos. Willst rede oder net?

Federlein. S — s — s —! (Rasiert.)

Mufiktufch. Federlein öffnet das Fenſter, dann, während
er weiter rafiert, wird es unten ganz ſtill und man hört
Karinkels Stimme laut und deutlich:

Wir wiſſen es, daß ein großer Mann hinge-
gangen iſt. Wir wiſſen es, daß er für uns ſein koſt=
bares Leben eingeſetzt hat und uns armen Nach=
gebornen bleibt nichts, als die Aufgabe, ihm nachzu-
leben, ihm gerecht zu werden, ſein Andenken tief in
unſere Bruſt zu graben, unverlöſchlich. Unverlöſchlich
ſein Name, unverlöſchlich ſeine Thaten!

Federlein. Sie müſſe' den Kopf e' biſſele nach
links halte'.

Karinkels Stimme. Hier ſteht ſeine trauernde
Witwe, die mit Schmerz der Tage gedenkt, wo ſie
ihn noch beſeſſen. Wo mag ſein hoher Geiſt jetzt
weilen? Sein Leib, wir wiſſen es, ruht im Eismeer —

Federlein (gerührt). Schön ſpricht er, wunderſchön.

Karinkel. — umkreiſt von Möven und Robben —

Federlein. Halte' Se 'n Kopf e' biſſele rechts.

Helene (ſtürzt zur Thüre herein, wirft ſich Hockenjos an die Bruſt). Ich geh' mit Dir, Vater!

Hockenjos. Dees haw' i 'etz nit gewußt, daß
i e' ſo bedeutender Menſch bin. Komm', mei' Mädle.

Viele Stimmen. Hoch! Hoch! (Mufik.) ·

Der Vorhang fällt.

Rubinverlag München

Hof-Kunſt- und Verlags-Buchhandlung
beſitzt allein das Eigentums- und Aufführungsrecht für ſämtliche Bühnen des
In- und Auslandes; Aufführung nur nach Vereinbarung mit dem Rubinverlag
geſtattet. — Manuscript not for sale.